AF457221

DE L'IMPRIMERIE D'EMM. BROSSELARD,
rue André-des-Arts, N°. 73.

LES SOUVENIRS,
LA SEPULTURE
ET
LA MÉLANCOLIE:

PAR G. LE GOUVÉ,

ASSOCIÉ A L'INSTITUT NATIONAL,

Auteur de la *Mort d'Abel* et d'*Épicharis*.

SECONDE ÉDITION.

A PARIS,

Chez { LEMIERRE, Libraire, rue Jacob, N°. 12;
HUET, Libraire, rue Vivienne, N°. 8.

PRAIRIAL, AN VI.

A ALEXANDRINE ARNAULT.

Vous qui de la beauté possédez l'avantage,
Et de l'esprit y joignez tous les dons,
De mes vers, en tremblant, je vous offre l'hommage;
Vous sentez tout le prix des *Jardins*, des *Saisons*:
Puis-je espérer votre suffrage?
Pour me lire, oubliez ces écrits enchanteurs;
Eh! comment égaler *Saint-Lambert* et *Delille!*
Peut-être dans ce champ, pour leurs mains si fertile,
La mienne a cueilli quelques fleurs:
Je vous les dois; de vous mon ame était remplie,
Quand j'ai peint les douceurs de la mélancolie.
Lorsque des souvenirs j'ai vanté les bienfaits,
Je me suis retracé votre aimable présence;
Et quand ma muse a rembruni ses traits,
J'étais en proie aux longs regrets
Qu'on éprouve dans votre absence.

LES SOUVENIRS

OU

LES AVANTAGES DE LA MÉMOIRE.

LES SOUVENIRS
OU
LES AVANTAGES DE LA MÉMOIRE.

Sur l'immortel sommet de la double colline,
Tu créas la Mémoire, auguste Mnémosyne;
Je chante tes bienfaits; souris à mes accords.
La Mémoire en effet est un de nos trésors.
Par elle, on resaisit les heures, les années
Dans la fuite du tems tour-à-tour entrainées;
Par elle, le passé redevient le présent.
Eh! jettant sur ses jours un regard complaisant,
Qui n'aime à remonter le fleuve de la vie!
Qui n'aime à voir, devant son ame recueillie,
Comme un mouvant tableau, repasser lentement
Ses instans de plaisir et même de tourment!
Il semble que du tems on arrête la trace:
On croit joindre à ses jours tous ceux qu'on se retrace;
Et de leur cours rapide on se sent consolé.
Regardez ce vieillard sous les ans accablé:
Si l'on oubliait tout, à son ame tremblante
Ses regards affaiblis, sa marche défaillante
De la mort seulement offriraient le tableau;
Mais, grace aux Souvenirs, du bord de son tombeau
Rejettant, à son gré, ses regards en arrière,
Il revient sur ses jours et r'ouvre sa carrière.

Il s'entoure des biens qu'il goûta si long-tems;
Sa vieillesse sourit aux jeux de son printems;
Et, dans l'illusion dont son ame est ravie,
Il repousse sa tombe, et s'attache à la vie.
C'est peu de rajeunir le vieillard étonné;
Les Souvenirs aussi charment l'infortuné.
Un riche, du destin éprouvant l'inconstance,
Est-il, de sa splendeur, tombé dans l'indigence?
Si de nos parvenus il n'eût pas la hauteur,
Si du faible toujours il fut le protecteur,
Si le mérite obtint ses secours, ses hommages,
Qu'il reporte les yeux sur ces douces images,
Il se croit riche au moins de ses nombreux bienfaits,
Et reste heureux encor des heureux qu'il a faits.
L'homme sent-il un voile épaissi sur sa vue?
D'un immense horizon l'imposante étendue,
Le pourpre de l'aurore, et le cristal des eaux,
Les trésors des jardins, des guérets, des coteaux,
Tout se couvre à ses yeux d'une ombre universelle:
La Mémoire lui reste, il revoit tout par elle.
La Mémoire à l'amant solitaire, éploré,
Fait retrouver l'objet dont il est séparé.
Voyez Saint-Preux contraint d'abandonner Julie.
Il court porter sa flamme et sa mélancolie
Dans les monts du Valais, sur ces sommets déserts
Dont les fronts escarpés se perdent dans les airs.
Leur immense hauteur, ces roches menaçantes,
Ces gouffres entr'ouverts, ces ondes mugissantes,

Ce tonnerre roulant dans l'horizon lointain,
Le deuil de l'if lugubre et du sombre sapin,
Des voraces oiseaux les cris lents et funèbres,
Ce brouillard plus affreux encor que les ténèbres,
Et de ces vieux glaçons la sinistre pâleur,
Tout répond à son ame, et parle à sa douleur.
Son œil désespéré, de la plus haute cime
Trouve un plaisir cruel à plonger dans l'abyme;
Il est près d'y tomber, fatigué de souffrir:
Mais il nomme Julie, et ne veut plus mourir.
Julie!.... à ses côtés en esprit il l'appelle;
Il ne fait plus un pas qu'il ne marche avec elle.
Avec elle il franchit les rochers et les monts;
Avec elle il descend dans les riants vallons.
Trouve-t-il un bosquet? ce bosquet dans son ame
Du baiser de *Clarens* a réveillé la flamme.
Un paisible hameau s'offre-t-il à ses yeux?
Il songe à ce *Chalet* qui dut le rendre heureux.
Lit-il sur un ormeau des lettres enlacées?
Tout-à-coup se présente à ses tendres pensées
Chaqu'arbre confident où, dans un doux lien,
Au chiffre de Julie il enchaîna le sien.
Julie enfin dans tout est l'objet qu'il admire;
Il la voit dans les fleurs, l'entend dans le zéphire.
Par ce prestige heureux la rapprochant de lui,
Il trompe son exil, il charme son ennui,
Savoure du bonheur l'ivresse renaissante,
Et remplit les déserts de sa maîtresse absente.

Mais sur l'homme assoupi Morphée est descendu:
Sa paupière est fermée, et son corps étendu.
Qui remplira le vide ou le sommeil le plonge?
Les Souvenirs portés sur les aîles d'un songe.
Dans ces tableaux trompeurs, par eux seuls animés,
Il reprend ses travaux, ses jeux accoutumés.
Le berger endormi tient encor sa houlette,
Le poëte son luth, le peintre sa palette.
L'ami des champs croit voir les prés et les vallons,
Et d'un pied fantastique il foule les gazons.
Le chasseur presse et frappe un cerf imaginaire.
Le guerrier d'un vain bronze affronte le tonnerre.
L'amant, entre ses bras retenant la beauté,
Sur un lit idéal, rêve la volupté.
Enfin l'ami, qui pleure une perte cruelle,
Reconnaît en dormant, dans une ombre fidelle,
Son ami qui mourut et lui semble vivant.
O toi, que ma douleur appelle si souvent,
Et qui, perdu trop tôt pour le fils le plus tendre,
Ne me laissas de toi que ton nom et ta cendre,
O mon père, ton front vénérable et chéri
Se peint, dans plus d'un songe, à mon œil attendri.
Dans plus d'un songe encor, ton aimable sagesse
Aux utiles travaux invite ma jeunesse,
Rend à mon cœur charmé tes leçons, tes vertus;
C'est ta voix que j'entends; hélas! et tu n'es plus!.
Pourquoi dans ton aspect n'ai-je vu qu'un prestige!
Et toi, dont chaque jour l'horrible mort m'afflige,

Toi, dès mes premiers ans ô mon plus tendre ami,
Qui périssant si jeune, en ce temps ennemi
Où la Terreur hideuse ensanglantait la France,
D'un orateur futur emportas l'espérance,
Que je te vois souvent, au milieu de la nuit,
Dans ces fantômes vains que son ombre produit!
Là, de nos entretiens je retrouve les charmes;
Nous nous contons nos vœux, nos plaisirs, nos allarmes;
Nous nous disons nos plans, nos veilles, nos travaux;
Nous lisons ces écrits qui n'ont point de rivaux;
Et, de nos goûts toujours gardant le caractère,
Tu me vantes Rousseau, je te vante Voltaire;
Et, renouant les nœuds dont mon cœur fut lié,
Je sens l'attrait des arts au sein de l'amitié.
Songes heureux! faut-il qu'en r'ouvrant mes paupiéres,
Le jour m'enlève hélas! de si douces chimères!
Quand mon sommeil ranime un des morts que j'aimais,
Je voudrais dans ses bras ne m'éveiller jamais!
Ainsi de mille objets l'image retracée,
Quand les yeux sont fermés, fait veiller la pensée,
Et, du sommeil oisif venant remplir le cours,
Prolonge nos plaisirs, et double tous nos jours.
Les Souvenirs encor ont une autre puissance;
Ils donnent le bonheur de la reconnaissance.
On aime à revoir ceux qui pour nous ont tout fait:
L'aspect d'un bienfaiteur est un second bienfait.
Oui, de tous nos penchans la Mémoire est la cause.
De mes soins les plus doux si mon ami dispose,

C'est que je dis tout bas, alors que je le voi,
Voilà l'être qui souffre ou jouit avec moi!
Pourquoi le fils sensible, en abordant sa mère,
Eprouve-t-il toujours un charme involontaire?
C'est qu'il se dit: son lait au berceau m'a nourri.
Qui voit la jeune Eglé d'un œil plus attendri?
L'amant qui fut heureux, s'il porte un cœur fidelle.
Du bonheur qu'il obtint il palpite auprès d'elle;
Et, quand elle se livre à ses nouveaux désirs,
Les plaisirs de la veille augmentent ses plaisirs.
Les arts sur-tout, les arts sont fils de la Mémoire.
Quand ces peintres, dont Rome a préparé la gloire,
Ont voulu reproduire, en leurs savants tableaux,
Le courroux des autans qui soulève les flots,
Les éclats d'un volcan, le choc de deux armées,
Le vol de l'incendie aux aîles enflammées,
Les sillons de la foudre éclatant dans les cieux,
Ces grands objets alors étaient-ils sous leurs yeux?
Non, ils n'étaient présens qu'aux yeux de leur pensée.
Et ces nobles enfans d'Euripide et d'Alcée,
Tous ceux de qui les vers, si doux à retenir,
Ont captivé leur siècle et conquis l'avenir,
S'ils ont, sous des couleurs fidèlles, éloquentes,
Tracé du cœur humain les passions brûlantes,
C'est qu'ils avaient senti ce qu'ils ont exprimé.
Pour bien peindre l'amour, il faut avoir aimé.
J'en atteste ta gloire, ô grand homme, ô Racine!
Au théâtre attendri, quand ta plume divine

Des tourmens d'Hermione étonna les Français,
Tu portais dans ton cœur l'amour que tu traçais.
Long-tems pour Champmélé plein d'une ardeur extrême,
Dans Oreste et Pirrhus tu te peignis toi-même.
Ton vers, de ces amans exprimant les douleurs,
S'embrâsait de tes feux, se mouillait de tes pleurs,
Et de ses doux accens, pleins d'un nouveau génie,
Au bruit de tes soupirs, cadençait l'harmonie.
On doit au Souvenir les vers et le pinceau.
Il fit plus : de l'histoire il créa le flambeau.
Avant qu'on vit briller sa lumière féconde,
Les temps se succédaient dans une nuit profonde;
Les peuples, tour-à-tour par l'oubli dévorés,
Sur la terre passaient l'un de l'autre ignorés;
Les grands événemens n'avaient point d'interprêtes;
Les débris étaient morts, et les tombes muettes.
L'histoire luit : soudain les temps ont reculé;
L'ombre a fui; les tombeaux, les débris ont parlé;
Les générations s'entendent et s'instruisent;
Et de l'esprit humain les travaux s'éternisent.
O charmes de l'étude ! ô sublimes récits !
Dans quels transports le sage, à son foyer assis,
Suit les nombreux combats et d'Athène et de Rome;
A travers deux mille ans applaudit au grand homme;
Consulte l'orateur et le guerrier fameux;
Partage les revers des peuples grands comme eux;
Voit l'empire Romain, sous le fer des Vandales,
De ses vils empereurs expier les scandales,

Et, bientôt déchiré par divers potentats,
Son cadavre fécond enfanter cent états;
Retrouve en d'autres lieux, sur la sanglante arêne,
Marcius dans Condé, Scipion dans Turenne,
Et, rempli des héros et des faits éclatans,
Ainsi que tous les lieux, embrasse tous les temps!
Il est vrai; trop souvent, pour une ame sensible,
Des fastes de Clio la lecture est pénible.
Sous ses tristes pinceaux, les combats meurtriers
S'embellissent dumoins de l'éclat des lauriers;
Mais lorsqu'elle décrit des villes inondées
Par les volcans en feu, par les mers débordées;
Mais lorsqu'elle dépeint ces empereurs sanglans
Qui, plus cruels encor que les mers, les volcans,
Joignent la barbarie à la débauche immonde,
Et dans des coupes d'or boivent les pleurs du monde;
Lorsqu'elle montre enfin le mérite ignoré,
Et la vertu proscrite, et le crime honoré,
La superstition en devoir érigée,
La terre dans le sang au nom du ciel plongée,
Les sombres factions, et ce choc désastreux
Où tous les citoyens se déchirent entre eux,
On gémit de savoir tant de maux, tant de crimes:
On voudrait que l'oubli pût r'ouvrir ses abymes!
Vœux imprudents! du mal le souvenir affreux
Au souvenir du bien donne un prix plus heureux.
L'ame, sur les vertus qu'aux forfaits elle oppose,
Avec plus d'intérêt s'arrête et se repose.

Quand d'un Domitien, d'un Néron, d'un Caius
La présence nous pèse, ah! combien de Titus
L'image en ce moment nous apparaît plus belle!
Qu'on aime à fuir Tibère auprès de Marc-Aurèle!
Et lorsqu'en ses fureurs le Vésuve fumant
Engloutit Pompeia dans son gouffre écumant,
Qu'il est doux d'observer, après un tel ravage,
Pétersbourg s'élevant sur un nouveau rivage,
Et de passer ainsi, dans un autre tableau,
De l'aspect d'une tombe à celui d'un berceau!
Que dis-je? Ces noms vils que l'histoire déploie
Nous attachent souvent. Nous voyons avec joie
Que le crime ne peut, même après le remord,
S'absoudre et se cacher dans la nuit de la mort:
Qu'il existe un vengeur, dont la main implacable
De sa tombe ébranlée arrache le coupable,
Et le traîne honteux de sa triste clarté,
Devant le tribunal du lecteur irrité.
Notre voix lui reproche et sa vie et ses crimes;
Nous aimons sur sa cendre à venger ses victimes.
Nous pardonnons aux Dieux, puisque leur équité
Créa pour le pervers une immortalité;
Et de ce châtiment terrible, inévitable,
Lui montre, en ses succès, l'image épouvantable
Qui, tourmentant ses nuits, empoisonnant ses jours,
Comme un fer suspendu, le menace toujours.
Oh! que les opprimés embrassent cette idée!
Comme elle consolait mon âme intimidée

Dans ces jours de forfaits, où, creusant nos tombeaux,
Un vil tyran sur nous fit régner les bourreaux !
» L'impunité, disais-je, au meurtre envain l'excite,
» Il est du moins puni lorsqu'il songe à Tacite !
» Il pâlit, effrayé de ce hardi pinceau
» Qui du crime à Néron sut imprimer le sceau,
» Et se voit, comme lui, par de mâles peintures,
» Renaître tout sanglant chez les races futures.
Je m'écriais: « il souffre, et le ciel est absous !
Mais n'est-il pour l'esprit, de s'instruire jaloux,
Que la voix de Clio ? Non, grace à la Mémoire,
L'univers est encore une vivante histoire.
Que loin de ses foyers le savant élancé
Le parcoure, il voyage entouré du passé.
O champs de l'Apennin ! ô fleuves d'Ausonie!
Cherchons nous sur vos bords les sons de l'harmonie,
D'un éternel azur l'aspect délicieux,
Et ce peuple à la fois galant, religieux,
Qui, tout entier à Dieu comme aux tendres faiblesses,
Vit entre des chanteurs, un prêtre et des maîtresses,
Et, de ses goûts divers esclave tour-à-tour,
Encense Polymnie, et le Pape et l'Amour ?
Non, nous courons plutôt, dans ces brillans vestiges,
De l'Italie antique évoquer les prodiges.
Chaque lieu se revêt de son premier renom.
Tout parle d'un haut fait, tout révèle un grand nom.
Que racontent Trébie, et Canne et Thrasymène ?
Là, devant Annibal a fui l'aigle Romaine.

Que disent ces hameaux, ces cités, ces vallons?
Ici, sous Marius ont péri les Teutons.
Ces bords sont le théâtre où s'illustra Scœvole.
Cette roche escarpée est le fier Capitole,
Où, des fronts couronnés consacrant les revers,
La victoire attacha le joug de l'univers.
Ces superbes palais dont la vue est frappée,
C'est celui de César, c'est celui de Pompée.
Dans ces modestes champs, tous les consuls héros
Reprenaient la charrue en quittant les faisceaux.
Horace vit le jour dans ce hameau tranquille.
Vers ce bois est la tombe où repose Virgile.
Virgile! Ah! c'est sur-tout près de ce monument
Que l'étranger s'arrête avec ravissement.
Cette riche colline, et ces plaines fécondes,
La Mer avec orgueil développant ses ondes,
Et d'un ciel toujours pur l'éclatante beauté,
Tout semble à ses regards par Virgile enchanté.
Aux tombes des Césars son ame fut distraite;
Son ame se recueille au tombeau du poëte.
Il y chante ces vers où Didon a gémi;
Et quitte ce tombeau comme on quitte un ami.
Des voyages lointains telle est l'heureuse yvresse.
  Telle est l'illusion qui me suit dans la Grèce.
De ruines envain ces climats sont flétris:
L'imagination relève leurs débris.
Tout est Grand homme ou Dieu dans ces riches décombres;
Et je marche au milieu des plus illustres ombres.

Athène se réveille, et sort de son tombeau.
Voilà donc ces remparts! ce portique si beau!
Ce théâtre, où des vers éclatait l'harmonie!
Et tous ces monumens, conquêtes du génie!
Je sors d'Athène, et vole aux champs de Marathon:
De Miltiade encor ils repètent le nom.
Je m'avance à Trezene: un autre nom l'habite;
Les rochers sont encor teints du sang d'Hyppolite.
Les roseaux du Ladon appellent-ils mes yeux?
Syrinx fait soupirer ses bords mélodieux.
Ai-je apperçu l'Elide? en ses champs magnifiques,
Il me semble assister aux fêtes olympiques:
J'entends le bruit des chars, le cri des combattans,
Et le soufle et les pas des coursiers haletans.
Suis-je à Naxos? Je trouve Ariane plaintive
Accusant d'un ingrat la voile fugitive.
Je nage avec Léandre aux rives d'Abydos;
Je pleure avec Sapho, lorsque j'entre à Lesbos.
Mais combien Ilion me demande de larmes!
C'est-là sur-tout le lieu qui pour l'ame a des charmes.
L'amour mystérieux d'Anchyse et de Cypris,
OEnone au mont Ida redemandant Paris,
La Grèce si long-tems par Hector repoussée,
Les adieux d'Andromaque à la porte de Scée,
Le monstre, dont les flancs vomissaient le trépas,
Tous ces événemens revivent sous mes pas;
Et sur ces bords, rendus à leur splendeur première,
L'antiquité renaît, et brille toute entière.

Les climats, pleins de faits récens et glorieux,
Par un nouvel attrait doivent charmer nos yeux.
Le guerrier que les champs de Fleurus ou d'Arcole
Ont vu de l'aigle altier briser l'espoir frivole,
Les retrouvera-t-il, sans penser aux combats
Où pour la liberté s'est signalé son bras?
Il saluera ces champs, théâtre de sa gloire.
Chaque bois, chaque mont frappera sa mémoire.
Ce vieux fort aux assauts a long-tems résisté;
Vers ce fleuve en fuyant l'ennemi s'est porté:
Tout viendra du français flatter l'ame attentive;
Il entendra des morts gémir l'ombre plaintive;
Et foulant ces gazons, de leur sang illustrés,
Sentira tressaillir leurs ossemens sacrés.
Non moins heureux celui qui peut revoir l'azile
Dont la paix protégea son enfance tranquille!
Du monde vers ce lieu que j'aime à m'échapper!
De mes premiers plaisirs je reviens m'occuper.
Ce mur que je frappais d'une balle docile,
Cette pierre applanie, où, d'une corde agile,
Sous mes pieds bondissans, ma main doublait les tours,
Chaque objet me ramène à ces aimables jours
Où les plaisirs sont vifs, les peines sont légères,
Où l'on croit tous les cœurs généreux et sincères,
Où l'ame, vierge encor, dans le sommeil des sens,
Des folles passions ignore les tourmens,
Où l'on ne connaît pas l'orgueil de l'opulence:
Je redeviens enfant aux lieux de mon enfance;

Et reprends, à l'aspect de ses jeux innocens,
Le calme qui s'envole avec nos premiers ans.
Ainsi le Souvenir par-tout nous dédommage.
  De la patrie absente il nous offre l'image.
Loin d'elle vainement on erre transporté,
On retourne en esprit au bord qu'on a quitté.
O français, qui languis captif de l'Angleterre,
Voilà ce qui distrait ta douleur solitaire.
Que te font et Saint-Jame et ce Windsor pompeux,
Ces bois si renommés, ces palais si fameux?
Tu dis, en t'éloignant de leur triste opulence,
Ce ne sont pas les bois, les palais de la France!
Tu l'appelles sans cesse; aux échos étrangers
Tu contes ses combats, ses succès, ses dangers:
Et de tes nobles fers ta pensée affranchie
Vole vers la cité par la Seine enrichie,
Se promène aux climats, où le Rhône amoureux
De la Saône en son lit reçoit l'hymen heureux,
Visite l'humble toît où tu vis la lumière,
S'assied près d'une amante, à côté d'une mère;
Et, par ces doux tableaux à ton pays rendu,
Ton cœur revoit le ciel que tes yeux ont perdu.
O combien la Mémoire a d'heureux avantages!
Elle charme l'exil, embellit les voyages,
Recule le présent, et promet l'avenir.
  Mais si l'on doit aimer son propre souvenir,
Le souvenir qu'on laisse a-t-il moins droit de plaire?
Regardez ce mortel qui s'élance à la guerre:

Loin de la paix des champs, ou des jeux d'une cour,
Loin des nœuds assemblés par l'hymen ou l'amour,
Il vole, sur la terre ou les gouffres de l'onde,
Braver le fer qui luit, et le bronze qui gronde.
Pourquoi dans les combats s'est-il sacrifié?
Il voulait que son nom ne fut point oublié.
O désir inquiet d'une longue mémoire!
Ce besoin appellait Démosthène à la gloire.
Voyez-le, pour s'instruire, au fond d'un noir séjour,
Fuir les fêtes d'Athène et la splendeur du jour:
Ecoutez-le, des mers parcourant les rivages,
Pour affermir sa voix, haranguer les orages.
C'est ce vœu d'échapper au sombre oubli des temps,
Qui, loin des vains plaisirs, sur des travaux constans,
A toute heure, en tout lieu faisait pâlir Voltaire;
C'est lui qui, de Raynal enflammant l'ame austère,
Lui dit de préférer à des honneurs brillans,
L'éclat d'une disgrace et celui des talens;
C'est lui qui, dans les bois propices à l'étude,
Exilait de Rousseau la docte inquiétude.
Rousseau! si l'écrivain dont l'éloquente voix
Fit parler la morale et l'amour et les lois,
Pour murir son génie, aux délices du monde
Courut se dérober dans la forêt profonde,
C'est que, plein des tributs qu'il devait obtenir,
Il respirait de loin l'encens de l'avenir,
Et voyait ses leçons dont la France s'honore,
Retentir en des jours qui n'étaient pas encore.

L'espoir d'un souvenir conduit même aux vertus.
Cet illustre vieillard proscrit par Anitus,
Intrépide martyr de sa haute sagesse,
Eût-il, dans les cachots, bû la mort sans faiblesse,
S'il n'eût cru que le monde, honorant son tombeau,
D'un opprobre éternel flétrirait son bourreau?
Quand Brutus, s'immolant, sut dompter la nature,
Il se sentait d'avance en sa grandeur future;
Et Barnevelt, frappé comme un vil criminel,
Voyait son échaffaud se changer en autel.
Le grand homme a seul droit de briguer cet hommage
Qui dans tout l'avenir consacre son image;
Mais d'un tribut plus doux l'homme obscur est épris:
Il veut le souvenir de ceux qu'il a chéris.
Qui ne se dit, tout près de perdre la lumière?
« Ma fille de ses pleurs baignera ma poussière.
« Le long deuil d'une épouse attestera sa foi.
« Quelquefois mes amis s'entretiendront de moi.
« Je reste dans leurs cœurs! je vivrai dans leurs larmes!
Ce tableau de la mort adoucit les allarmes;
Et l'espoir des regrets que tout mortel attend,
Est un dernier bonheur à son dernier instant?

LA SÉPULTURE.

LA SÉPULTURE.

OU sont ces vieux tombeaux et ces marbres antiques
Qui des temples sacrés décoraient les portiques?
O forfait! ces brigands, dont la férocité
Viola des prisons l'asyle épouvanté,
Coururent, tout sanglans, de nos ayeux célèbres
Profaner, mutiler les monumens funèbres,
Et commettre, à la voix d'un lâche tribunat,
Sur des cadavres même, un autre assassinat.
Gloire, talens, vertus, rien n'arrêta leur rage.
O guerriers généreux, dont le mâle courage
De l'état ébranlé releva le destin,
Vengeurs du nom français, *Turenne*, *Du Guesclin*,
Vous vîtes par leurs mains vos cendres dispersées
Errer, au gré des vents, de vos urnes chassées.
La beauté ne put même adoucir leur courroux:
Sévigné, dans la mort tu ressentis leurs coups.
C'en est donc fait: brisant les tombes révérées,
Ils ont désenchanté nos enceintes sacrées.
Nous y cherchons en vain ces marbres inspirans,
Où nos yeux se plaisaient à s'arrêter long-temps;
Où nos cœurs admiraient, épris de leur histoire,
Les dons de la patrie et les droits de la gloire,

Et sur l'affreuse mort, dont tout est dévoré,
Des talens, des vertus le triomphe assuré.
On se sent aggrandir au tombeau d'un grand homme!
Les arts m'en sont garans : des morts que l'on renomme,
Dans le bronze vivant, dans le marbre animé,
Ils rendront tous les traits à l'Univers charmé:
Mais ce n'est point assez pour le cœur qui les aime;
Leurs images hélas! ne seront point eux-même!
C'est eux, c'est leurs débris que nous voulons trouver.
Au pied de leurs tombeaux nous aimions à rêver.
Là, du recueillement ressentant tous les charmes,
Nous trouvions à la fois des leçons et des larmes.
Il semblait que du fond de ces cercueils fameux
Une voix nous criât : « Illustrez-vous comme eux.
Voilà l'illusion que nous avons perdue.
Vous tous, que pleure encor la patrie éperdue,
Consolez-vous pourtant si vos corps mutilés,
Loin de leurs monumens, languissent exilés.
Bannis de vos cercueils, et non de votre gloire,
Vous restez dans nos cœurs et dans notre mémoire.
Là, se sont retranchés vos débris immortels;
Là, se sont relevés vos tombeaux, vos autels;
Et, contre les pervers soulevant tous les âges,
Vous immortalisez jusqu'à leurs vils outrages.
　Mais de quel crime encor mon œil est révolté?
Par des bras soudoyés un cadavre porté,
Sans cortège, sans deuil, s'avance solitaire;
C'est ainsi parmi nous qu'on rend l'homme à la terre!

Autrefois l'amitié, la nature et l'amour,
Accompagnant sa cendre à ce dernier séjour,
Lui portaient en tribut leur douleur consolante;
Maintenant, inhumé sans la pompe touchante
Qui suivait le mortel dans la tombe endormi,
On dirait qu'il n'eut pas un parent, un ami!
A-t-il perdu ses droits en perdant la lumière?
N'est-il point un respect qu'on doive à sa poussière?
Sur les rives du Nil, un zèle industrieux,
Par un baume éternel, perpétuant aux yeux
Une mère expirée, une épouse ravie,
Savait tromper la mort et figurer la vie;
Les Grecs et les Romains présentaient aux tombeaux
Des offrandes, des pleurs, et le sang des taureaux;
Le sauvage lui-même, inhumain, implacable,
Toujours d'un peu de terre a couvert son semblable;
Et vous, peuple poli, dans cet âge si beau
Où Montesquieu, Voltaire, et Raynal, et Rousseau,
Par leurs savans écrits, pleins d'Athène et de Rome,
Apprirent aux humains la dignité de l'homme,
Vous osez seuls aux morts refuser des honneurs!
Que dis-je? vous craignez de montrer vos douleurs!
Sommes-nous dans ces jours de crime et d'esclavage
Où, de l'humanité proscrivant le langage,
Des tyrans dans nos yeux faisaient rentrer nos pleurs,
Où tous les sentimens se cachaient dans les cœurs?
Le frère alors fuyait les obsèques d'un frère;
Le fils suivait de loin le cercueil de son père;

On n'osait escorter que le char des bourreaux;
La pompe de la mort n'était qu'aux échafauds!
Si de ce règne affreux l'opprobre enfin s'efface,
Dans nos convois encor pourquoi m'offrir sa trace?
Quel français, sans gémir, peut voir leur nudité?
Craint-on qu'au sein des jeux un moment attristé,
L'homme heureux, de la mort reconnaissant l'empire,
Ne s'apperçoive trop que son semblable expire?
Eh! ce corps, à la terre indignement rendu,
Comme un vil animal dans les champs étendu,
Peut-être est-ce un savant, dont le vaste génie
Par d'utiles travaux éclaira sa patrie!
Peut-être est-ce un ami des mortels malheureux!
Quel contraste! jaloux de prodiguer pour eux
De ses soins, de ses dons l'active bienfaisance,
Tous les infortunés recherchaient sa présence:
Vivant, de sa maison ils assiègeaient le seuil;
Mort, ils n'osent hélas! entourer son cercueil!
« Pourquoi, me direz-vous, des honneurs funéraires?
» Cette loi, que jadis établit chez nos pères
» Un culte fanatique et sans force aujourd'hui,
» Sur nos bords éclairés doit tomber avec lui. »
Ah! laissez ce langage au profane athéisme:
La sensibilité n'est pas le fanatisme.
De la religion gardons l'humanité.
Barbares, qui des morts bravez la majesté,
Eloignez ces flambeaux, ces ornemens, ces prêtres
Dont le faste à la tombe escortait nos ancètres;

Mais appellez du moins autour de nos débris
Et la douleur d'un frère, et les larmes d'un fils.
C'est le juste tribut où nos mânes prétendent:
C'est le culte du cœur que sur-tout ils attendent.
Mais, si vous leur rendez cette pompe du deuil,
Oserez-vous encor reléguer un cercueil
Aux lieux où, nous plongeant dans les mêmes abîmes,
La mort confusément entasse ses victimes?
O trop coupable effet d'un usage odieux!
Auprès des scélérats gît l'homme vertueux!
Dans le même sépulcre indigné de descendre,
A leur cendre il frémit d'associer sa cendre.
Du juste, qui n'est plus, respectez le repos.
Du juste et du méchant séparez les tombeaux.
Loin, sans doute, l'orgueil du pompeux mausolée
Qui distinguait des grands la poussière isolée;
Mais qu'au moins dans les bois un monument dressé
Dise au fils : C'est ici que ton père est placé.
Les bois! ils sont des morts le véritable asyle.
Là, donnez à chacun un bocage tranquille.
Couvrez de leur nom seul leur humble monument:
De l'urne d'un héros son nom est l'ornement.
Ces dômes de verdure où le calme respire,
Le ruisseau qui gémit, et le vent qui soupire,
La lune dont l'éclat, doux ami des regrets,
Luit plus mélancolique au milieu des forêts,
Tous ces objets, que cherche une ame solitaire,
Prêteront aux tombeaux un nouveau caractère.

Par ce charme, appellés vers leurs restes flétris,
Nous viendrons y pleurer ceux qui nous ont chéris.
Nous croirons voir planer leurs ombres attentives;
Nous croirons qu'aux soupirs de nos ames plaintives
Répondent de leurs voix les accens douloureux
Dans la voix des zéphirs gémissans autour d'eux.
Que la sage Helvétie offre un touchant exemple!
Lorsqu'un mortel n'est plus, là, les siens, prés du temple,
Vont déposer sa cendre en un bocage épais,
Y plantent des lilas, des roses, des œillets,
Arrosent chaque jour leurs tiges abreuvées:
Il semble qu'en ces fleurs, par leur main cultivées,
Ils raniment l'objet près d'elles inhumé,
Et respirent son ame en leur soufle embaumé.
Comme eux, à nos regrets sachons prêter des charmes:
Rendons les fleurs, les bois, confidens de nos larmes.
Dans les fleurs, dans les bois, du sort trompant les coups,
Nos parens reviendront converser avec nous.
Tout rendra leur aspect à notre ame appaisée;
Les champs, peuplés par eux, deviendront l'Elysée:
Et les tristes humains, près de faire à leur tour
Ce voyage effrayant qui n'a point de retour,
Comptant sur les honneurs dont la mort est suivie,
Ne croiront pas sortir tout entiers de la vie;
Et, par ce doux espoir en mourant ranimés,
Se sentiront renaître aux cœurs qu'ils ont aimés.

LA MÉLANCOLIE.

LA MÉLANCOLIE.

LA joie a ses plaisirs ; mais la Mélancolie,
Amante du silence et dans soi recueillie ,
Goûte un bonheur plus vrai loin des bruyans éclats ,
Dont le cœur vide et froid cherche seul le fracas.
L'homme sensible et tendre , à la vive allégresse
Préfère la langueur d'une douce tristesse.
Il la demande aux arts. Suivons-le dans ces lieux
Que la peinture orna de ses dons précieux.
Dédaignant les tableaux , où le pinceau déploie
D'une fête , d'un bal la splendeur et la joie ,
Il vole à ceux où l'art , attristant sa couleur ,
D'un amant , d'un proscrit a tracé le malheur.
De la toile attendrie , où ces scènes sont peintes ,
Son ame dans l'extase entend sortir des plaintes ;
Et son regard avide y demeure attaché.
   Au théâtre sur-tout il veut être touché.
Voyez-vous, pour entendre Emilie, Orosmane,
Phèdre en proie à l'amour qu'elle-même condamne ,
Comme un peuple nombreux dans le cirque est pressé.
Chacun chérit les traits dont il se sent blessé.
Chacun aime à verser , sur de feintes alarmes
Sur des désastres faux , de véritables larmes ;

Et loin du cirque même , en son cœur, en ses yeux ,
Garde et nourrit long-tems ses pleurs délicieux.
Quel est , en le lisant , l'ouvrage qu'on admire ?
L'ouvrage où l'écrivain s'attendrit et soupire !
L'Iliade d'Hector peignant le dernier jour ;
Les vers où de Didon tonne et gémit l'amour ;
Les plaintes de Tancrède , et les feux d'Herminie ;
Héloïse , Werther , Paul et sa Virginie ;
Ces tableaux douloureux , ces recits enchanteurs
Que l'on croirait tracés par les Graces en pleurs.
Ignorant , éclairé, tout mortel les dévore.
La nuit même il les lit; et quelquefois l'Aurore ,
En r'ouvrant le palais de l'Orient vermeil ,
Le voit , le livre en main , oublier le sommeil.
Dans le recueillement son ame est absorbée ;
Et sur la page humide une larme est tombée.
Douce larme du cœur , trouble du sentiment ,
Qui nais dans l'abandon d'un long enchantement ,
Heureux qui te connaît ! malheureux qui t'ignore !
Arrêtons-nous aux champs qu'un riche émail colore.
Du pourpre des raisins , et de l'or des guerets ,
L'aspect riant d'abord a pour nous des attraits.
Mais que nous préférons l'épaisseur d'un bois sombre !
C'est là qu'on est heureux ! là , le soleil et l'ombre ,
Qui , formant dans leur lutte un demi jour charmant ,
Ménagent la clarté propice au sentiment ,
Mille arbres qui , penchant leur tête échevelée ,
Tantôt dans le lointain allongent une allée ,

D'un dédale tantôt font serpenter les plis,
Dessinent des bosquets, ou grouppent des taillis,
Enfin le doux zéphir qui, muet dans la plaine,
Gémit dans les rameaux qu'agite son haleine,
Tout dispose à penser, invite à s'attendrir:
Sous ces dômes touffus le cœur aime à s'ouvrir,
Et, conduit par leur calme aux tendres rêveries,
Se plaît à réveiller ses blessures chéries.
Sous ces bois inspirans coule-t-il un ruisseau ?
L'émotion redouble à ce doux bruit de l'eau
Qui, dans son cours plaintif qu'on écoute avec charmes,
Semble à-la-fois rouler des soupirs et des larmes.
Et qu'un saule pleureur, par un penchant heureux,
Dans ces flots murmurans trempe ses longs cheveux,
Nous ressentons alors, dans notre ame amollie,
Toute la volupté de la Mélancolie:
Cette onde gémissante, et ce bel arbre en pleurs,
Nous semblent deux amis touchés de nos malheurs.
Nous leur disons nos maux, nos souvenirs, nos craintes;
Nous croyons leur tristesse attentive à nos plaintes;
Et, remplis des regrets qu'ils expriment tous deux,
Nous trouvons un bonheur à gémir avec eux.
Ecoutons : des oiseaux commence le ramage.
De ces chantres aîlés un seul a notre hommage;
C'est Philomèle au loin lamentant ses regrets.
Oh ! que sa voix plaintive enchante les forêts!
Que j'aime à m'arrêter sous l'ombre harmonieuse
Où se traîne en soupirs sa chanson douloureuse!

De l'oreille et du cœur je suis ses doux accens.
Rêveur, et tout entier à ces sons ravissans,
Je ne m'apperçois pas si, planant sur ma tête,
Des nuages affreux assemblent la tempête,
Si le tonnerre gronde, ou si le jour qui fuit
Cède le firmament aux voiles de la nuit;
Je ne vois que les maux que cet oiseau déplore:
Il cesse de chanter, et je l'écoute encore!
Tant la Mélancolie est un doux sentiment!
  Vesper, viens assister à son recueillement.
L'astre majestueux qui verse la lumière
Peut un moment de l'homme attacher la paupière,
Lorsqu'inondant les cieux en son cours aggrandi,
Il déploie à longs flots la splendeur du midi;
Mais l'œil, qu'ont ébloui ses brulantes atteintes,
Demande à reposer sur de plus douces teintes.
Il se plaît à chercher en des nuages d'or
L'astre qu'on ne voit plus, et que l'on sent encor.
Ce jour à son déclin, la nuit à sa naissance,
L'ombrage des forêts qui dans les champs s'avance,
La chanson de l'oiseau qui par dégrés finit,
La rose qui s'efface, et l'onde qui brunit,
Les bois, les prés dont l'ombre obscurcit la verdure,
L'air qui souffle une douce et légère froidure,
Phœbé qui, seule encore, et presque sans clarté,
Au milieu des vapeurs lève un front argenté,
Et semble, en promenant son aimable indolence,
Un fantôme voilé que guide le silence,

Le murmure des flots qu'on entend sans les voir,
Et le cri du hibou dans le calme du soir,
Combien de ces objets on goûte la tristesse!
Que sous son crêpe encor la nature intéresse!
A l'heure où la journée approche de sa fin,
Le sage, en soupirant, contemple ce déclin,
Et, ramenant sur soi sa pensée attendrie,
Voit dans le jour mourant l'image de la vie.
Ainsi donc le rapport des objets avec nous
Leur donne à nos regards un intérêt plus doux!
C'est par-là que l'automne, heureux soir de l'année,
Nous attache au déclin de sa beauté fanée.
Lorsque sur les côteaux sifflent les Aquilons,
Quand la feuille jaunit et tombe en tourbillons,
Quand se flétrit des prés la grace fugitive,
Le mortel recueilli, d'une vue attentive
Suit cette décadence où, se couvrant de deuil,
La nature à pas lents marche vers le cercueil.
Pleure-t-il le trépas d'une épouse adorée?
Il jouit des débris de la terre éplorée.
La splendeur du printems insultait son ennui,
Mais l'automne est souffrant, il se plait avec lui.
Les vents luttants entr'eux, et les torrens qui grondent
Lui semblent des témoins dont les voix lui répondent.
Ces prés, ces champs déserts, et ces bois dévastés,
De sa perte à ses yeux paraissent attristés.
Il dit aux prés, aux champs, pleins de ses rêveries:
« Vous n'avez plus les fleurs, vos compagnes chéries;

Aux bois : « Tout hymen cesse entre la feuille et vous.
« Comme vous, des trésors j'ai perdu le plus doux ;
» Et je viens, unissant ma perte à vos ravages,
» Confondre nos regrets, marier nos veuvages. »
Il dit ; cet entretien charme un instant ses maux.
L'Enfant du Pinde aussi recherche ces tableaux.
Laissez-moi m'enfoncer sous ces bois sans feuillage.
Qu'il m'est doux d'y trouver un roc noir et sauvage
Qui laissait la verdure égayer son horreur,
Et libre de son voile, a repris sa terreur !
Que j'aime à mesurer ces ormes et ces chênes,
Gigantesques rivaux des montagnes prochaines,
Qui, sans feuille, et d'écorce à peine environnés,
Elèvent un front chauve et des bras décharnés !
Combien me plaît, m'émeut cette onde qui bouillonne,
Qui, dans l'été cascade, et torrent dans l'automne,
Murmurant, quand zéphir enchantait le vallon,
A l'exil du zéphir, gronde avec l'aquilon!
De quelle volupté ma frayeur est mêlée,
Quand la foudre à grand bruit roule dans la vallée,
Où, sous ses traits de feu brisant de noirs rameaux,
De nos bois fracassés dévore les lambeaux!
Tout du poëte ému réveille le génie.
Je saisis des objets la couleur rembrunie ;
Et, pour faire passer cette teinte en mes vers,
Je noircis mes pinceaux du deuil de l'univers.
Où suis-je ! à mes regards, un humble cimetière
Offre de l'homme éteint la demeure dernière.

Un cimetière aux champs ! quel tableau! quel trésor !
Là, ne se montrent point l'airain, le marbre, l'or;
Là, ne s'élèvent point ces tombes fastueuses
Où dorment à grands frais les ombres orgueilleuses
De ces usurpateurs par la mort dévorés,
Et jusque dans la mort, du peuple séparés.
On y trouve, fermés par des remparts agrestes,
Quelques pierres sans nom, quelques tombes modestes,
Le reste dans la poudre au hasard confondu.
Salut cendre du pauvre; ah! ce respect t'est dû.
Souvent ceux, dont le marbre immense et solitaire
D'un vain poids après eux fatigue encor la terre,
Ne firent que changer de mort dans le tombeau;
Toi, chacun de tes jours fut un bienfait nouveau.
Courbé sur les sillons, de leurs trésors serviles
Ta sueur enrichit l'oisiveté des villes;
Et quand Mars des combats fit retentir le cri,
Tu défendis l'état après l'avoir nourri.
Enfin, chaque tombeau de cet enclos tranquille
Renferme un citoyen qui fut toujours utile!
Salut cendre du pauvre, accepte tous mes pleurs.
Mais quelle autre pensée éveille mes douleurs?
Tel est donc de la mort l'inévitable empire!
Vertueux ou méchant il faut que l'homme expire.
La foule des humains est un faible troupeau
Qu'effroyable pasteur, le Tems mene au tombeau.
Notre sol n'est formé que de poussière humaine!
Et, lorsque dans les champs l'automne nous promène,

Nos pieds inattentifs foulent à chaque pas
Un informe débris, monument du trépas.
Voilà de quels pensers les cercueils m'environnent.
Mais loin que mes esprits à leur aspect s'étonnent,
De l'immortalité je sens mieux le besoin,
Quand j'ai pour siège une urne, et la mort pour témoin.
Oisifs de nos cités, dont la mollesse extrême
Ne veut que ces plaisirs où l'on se fuit soi même,
Qui craignez de sentir, d'éveiller vos langueurs,
Ces tableaux éloquens sont muets pour vos cœurs.
Mais toi, qui des beaux arts sens les flammes divines,
Ton ame entend la voix des cercueils, des ruines.
De la destruction recherchant les travaux,
Des états écroulés tu fouilles les tombeaux.
On te voit, arrêté sur les bords du Scamandre,
De l'antique Ilion interroger la cendre.
On te voit dans Palmyre, attentif et surpris,
Consulter sa grande ombre et ses savans débris.
Quel livre à ton génie offrent de tels décombres !
Sur ces lambeaux fameux, sur ces ruines sombres,
Qui là, sans majesté, rampent dans les déserts,
Ici, d'un front altier, se dressent dans les airs,
Mais dont les traits usés et les rides sauvages
Des ans, qui rongent tout, attestent les ravages,
Tu lis, le cœur saisi d'un agréable effroi,
La marche de ce tems qui roule aussi sur toi,
Des révolutions les soudaines tempêtes,
La chûte des états, la trace des conquêtes,

L'empreinte des volcans et des flots destructeurs,
Et la haute leçon du néant des grandeurs;
Et des siècles sur eux contemplant les injures,
De ces grands corps brisés tu comptes les blessures.
Tes yeux et tes esprits sont par eux exaltés.
Laissons ces vieux débris, sépulchres des cités.
Que sont-ils, aux regards du rêveur solitaire,
Près de ce ténébreux et profond monastère,
Sépulchre des vivans, où, servant les autels,
Au sein d'un long trépas respiraient les mortels?
La raison a parlé; tous ces réduits austères
Ont dépouillé leur deuil, leurs chaînes, leurs mystères;
Mais, quoique leurs parvis leurs autels soient déserts,
Au cœur mélancolique ils restent toujours chers.
L'œil avide recherche, en ces saints édifices,
Les cellules témoins de tant de sacrifices;
Ces formidables mots, *Néant*, *Éternité*,
Dont s'obscurcit encor le mur épouvanté;
Les voûtes où, d'un Dieu redoutant la sentence,
Le front pâle et courbé, priait la pénitence;
La fosse, que, docile au plus cruel devoir,
Creusa l'infortuné qu'elle dut recevoir;
Et le nocturne airain, dont les sons despotiques
Arrachaient de leurs lits ces pieux fanatiques
Qui, dans l'ombre entonnant de lugubres concerts,
Perdaient seuls le repos que goûtait l'univers.
L'amour donne sur-tout un charme à ces retraites.
L'amour gémit long-temps sous leurs ombres muettes.

De Rancé, de Comminge, ah! qui n'a plaint les feux !
Tous deux, veufs d'une amante et toujours amoureux,
Embrassèrent en vain le froid du sanctuaire ;
Ils brûlaient sur le marbre, ils brûlaient sous la haire.
Leur flamme, que le cloître et le jeûne irritait,
Jusqu'au pied des autels à Dieu les disputait ;
Et leur voix trop souvent, dans leur profane ivresse,
Aux chants sacrés mêla le nom de leur maîtresse.
De l'amour, du devoir, ô rigoureux combats !
La paix était près d'eux ; ils ne la sentaient pas.
Mais de qui sut aimer leurs maux font les délices :
J'erre dans ces réduits qui virent leurs supplices.
Je demande à l'écho le bruit de leurs douleurs ;
Je demande à l'autel la trace de leurs pleurs.
Mes pleurs mouillent le marbre où leurs larmes coulèrent ;
Mon cœur soupire aux lieux où leurs cœurs soupirèrent ;
Et je me peins, touché de leurs revers fameux,
Les jours où je brûlais, où je souffrais comme eux.
Voilà donc tes bienfaits, tendre Mélancolie !
Par toi de l'univers la scène est embellie :
Tu sais donner un prix aux larmes, aux soupirs ;
Et nos afflictions sont presque des plaisirs.
Ah ! si l'art à nos yeux veut tracer ton image,
Il doit peindre une vierge, assise sous l'ombrage,
Qui rêveuse, et livrée à de vagues regrets,
Nourrit, au bruit des flots, un chagrin plein d'attraits,
Laisse voir, en ouvrant ses paupières timides,
Des pleurs voluptueux dans ses regards humides,

Et se plaît aux soupirs qui soulèvent son sein,
Un cyprès devant elle, et Werther à la main.

RÉPONSE A LE BRUN,

Qui défend aux belles d'être poëtes.

Sublime héritier de la lyre,
Abjure ta rigueur contre un sexe adoré.
Permets qu'épris du Pinde il suive le délire
Qu'il t'a si souvent inspiré.
Pourquoi donc de l'amour craindrait-il la disgrace?
L'amour de la beauté n'est jamais le censeur;
Et le luth d'Appollon, sous la main d'une grace,
Ne peut que resonner avec plus de douceur.
Il est vrai que ce sexe, aux rives d'Aonie,
Ne pourrait, de ta lyre égalant l'harmonie,
Par une image neuve, un mot audacieux,
De la langue étonnée aggrandir le génie,
Et peindre la nature en vers majestueux:
Des travaux imposans il trompe l'énergie.
Mais la douce romance, et la tendre élégie
Il sait bien les saisir, et faire tour-à-tour
Parler en vers charmans et la grace et l'amour.
Vois Sapho, par Phaon trahie:
Elle rendit son art confident de ses pleurs,
Et mérita la gloire en chantant ses malheurs.

Le siècle de Corneille a vanté *Deshoullière* ;
Et *Verdier*, *Dufrenoy*, *d'Antremont* et *Beaufort*,
Dans nos jours, d'un heureux effort,
Ont du docte Hélicon atteint la cîme altière.
Leur chant du Dieu des arts embellit les concerts.
Peux-tu, quand tu les lis, leur défendre les vers ?
L'autan impétueux qui, sur l'humide empire,
Fait retentir au loin son imposante voix,
Laisse soupirer le zéphire
Sous l'ombre mobile des bois ;
Et des monts à grand bruit le torrent roule et gronde,
Sans empêcher que le ruisseau
Charme la pente d'un coteau
Du doux murmure de son onde.
Les belles, faites pour charmer,
Par tous les moyens de séduire
Ont droit d'assurer leur empire :
On se plaît à les lire autant qu'à les aimer.
Non, il n'est pas une victoire
Dont ces objets chéris ne méritent l'honneur.
Nous leur devons l'amour, l'espoir, et le bonheur ;
Sachons leur pardonner le talent et la gloire.

NOTES.

LA DÉDICACE.

(Page 7.)

» *Vous sentez tout le prix des Jardins, des Saisons.* »

LE poëme des jardins, du célèbre Delille, est un chef-d'œuvre de versification, et l'a placé à côté des plus grands poëtes du siècle de Louis quatorze. C'est un de ces ouvrages qu'on doit étudier tous les jours avec Boileau et Racine. On attend de Delille deux autres poëmes, l'un intitulé, *l'Homme des champs*; l'autre, *l'Imagination.* Je ne connais de ces deux Poëmes que les fragmens qui ont paru dans les journaux : combien ils me font désirer que l'auteur satisfasse promptement l'impatience des amis de la poésie et de ses admirateurs !

Les Saisons de Saint-Lambert, sont un des monumens de la littérature française. Il avait à lutter contre Thompson, qui a répandu sur ce sujet les plus riches couleurs. Si Saint-Lambert ne s'est montré que l'égal du poëte anglais dans la partie descriptive, il l'a souvent surpassé par le goût, la philosophie et la sensibilité, qui donnent tant de charmes à son immortelle production.

LES SOUVENIRS.

(Page 10.)

« *Voyez St- Preux contraint d'abandonner Julie.* »

LE moment que je peins est tiré du premier volume de la Nouvelle Héloïse. C'est celui où St.-Preux, obligé de se séparer de Julie, s'arrête dans les montagnes du Valais. Que n'ai-je pu faire passer dans mes vers le feu de la prose de Rousseau !

(Page 12.)

« *O mon père, ton front vénérable et chéri.* »

Je finissais mes études, quand mon père mourut. J'avais besoin d'un guide dans la route si difficile du monde où j'entrais ; c'est alors que j'eus le malheur de perdre cet homme respectable. Distingué dans la profession d'avocat, il avait défendu avec succès plus d'un orphelin ; fallait-il que son fils le devînt à l'âge même où les exemples et la tendresse d'un père lui étaient si nécessaires ! du moins, si je fus privé de lui et de ses conseils, il me laissa un nom qui me fit sentir plus d'une fois combien il est avantageux de porter celui d'un homme estimé.

(Page 12.)

« *Et toi, dont chaque jour l'horrible mort m'afflige.* »

L'ami dont je parle ici fut juridiquement assassiné sous le règne de la terreur, avant l'âge de vingt-cinq ans. Il s'appellait Cezeron. Son nom n'est pas connu, mais il l'aurait rendu célèbre, s'il eût vécu plus long-temps. Ce jeune homme, passionné pour l'étude, joignait à une vaste érudition, une imagination brillante, et les dispositions les plus heureuses pour le talent de la parole. Cet avantage est ce qui le perdit. Ami de la révolution, il s'éleva au trente-un mai avec autant d'éloquence que de courage contre les anarchistes qui voulaient la souiller. Ils s'en vengèrent en l'envoyant à l'échaffaud. Nous nous étions liés au collège; dans le monde, la raison fortifia cette union commencée dès l'enfance. Nous ne passions pas un jour sans nous voir, sans converser sur la poésie et l'éloquence. Quand il fut incarcéré, j'obtins les moyens de pénétrer dans sa prison; j'y courus. Je cherchai à le consoler; il n'en avait pas besoin; il prévoyait son sort, et l'envisageait sans crainte. Dans cette demeure affreuse, il s'entretenait encore avec moi de Démosthénes, de Cicéron, de Rousseau, de tous ces modèles de l'éloquence, qu'il aurait peut-être un jour égalés. Il m'écrivit avant d'aller à la mort : je recueillis ses dernières pensées; je reçus presque son dernier soupir! Ce tableau restera toujours gravé dans mon ame; et, tant que j'existerai, je donnerai des larmes à cet infortuné jeune homme, dont l'amitié embellit une partie de mon existence, et dont la perte empoisonne le reste.

(Page 17.)

« *Engloutit Pompéia dans son gouffre écumant.* »

C'est une ville d'Italie qui fut engloutie ainsi qu'Herculanum, dans une éruption du Vésuve, l'an 79 de l'ère chrétienne. Le naturaliste Pline, voulant observer ce phénomène, y périt.

(Page 18.)

« *Il est du moins puni quand il songe à Tacite.* »

La lecture de ce sublime écrivain sera éternellement l'effroi des oppresseurs. Son expression est, pour ainsi dire, la main du Dieu vengeur imprimant l'anathême sur le front du coupable. On n'a pu retrouver parmi les ruines de l'antiquité, l'histoire de la fin du règne de Néron. Quelle perte que cette partie de ses annales! Si Suétone a été éloquent dans le tableau de la chûte de ce monstre, qu'auroit donc été Tacite !

(Page 21.)

« *Le guerrier que les champs de Fleurus ou d'Arcole.* »

Fleurus est une plaine de la Belgique que rendirent célèbre deux batailles gagnées par les Francais ; la première en 1690, sous le commandement du maréchal de Luxembourg, la seconde plus mémorable encore, sous celui de Jourdan, l'an deux de la République.

Arcole fut le théâtre de l'une des victoires de Buonaparte sur les Autrichiens. Ce héros, l'honneur du nom Français, avant l'âge de trente ans, a renouvellé en Italie tous les prodiges d'Annibal, et n'a point eu de Capoue.

(Page 23.)

L'éclat d'une disgrace, et celui des talens.

On sait que l'abbé Raynal, quand il fit paraître son immortelle histoire des deux Indes, perdit sa fortune, et fut exilé à Marseille. C'est ainsi que l'on récompense les talens !

(Page 24.)

« *Quand Brutus, s'immolant, sut dompter la Nature.* »

Marcus-Junius Brutus se tua l'an de Rome 711, après la perte de la bataille de Philippe qui fonda la puissance des triumvirs sur les ruines de la liberté romaine. Il est difficile de lire ce passage de l'histoire sans donner des larmes à la mort de ce vertueux républicain. On lui a beaucoup reproché ce mot qu'il prononça, dit-on, en mourant : *O Vertu! n'es-tu qu'un fantôme!* On doit le pardonner au désespoir d'un homme que le culte de la vertu conduit à la nécessité de se tuer.

(Page 24.)

« *Et Barneveldt, frappé comme un vil criminel.* »

Barneveldt, avocat général des états de Hollande, périt sur l'échaffaud, l'an 1519, par les intrigues de Maurice de Nassau, Stathouder, qui, redoutant son inflexibilité, le fit condamner par des juges vendus, pour une prétendue conspiration contre l'état.

LA SÉPULTURE.

(Page 27.)

« *Vengeur du nom français, Turenne, du Guesclin.* »

LE cadavre de Turenne, que des monstres arrachèrent de son mausolée, a été retrouvé à la ménagerie, parmi les ossemens des animaux. Le gouvernement, indigné de cette profanation, a fait déposer dans un tombeau le corps de ce grand homme.

(Page 27.)

« *Sévigné, dans la mort tu ressentis leurs coups.* »

Le tombeau de cette femme célèbre par son esprit et ses lettres, fut brisé à Grignan, dans les jours sanguinaires qui souillèrent notre révolution, et ses restes furent indignement mutilés.

(Page 28.)

« *C'est ainsi parmi nous qu'on rend l'homme à la terre.* »

Lorsque je lus, à l'Institut national, ces vers contre l'indécence avec laquelle on inhume en France, je croyais que le reproche qu'ils expriment cesserait bientôt d'être juste. Faut-il qu'il soit encore fondé! Ne doit-on pas s'étonner, que lorsque tant de voix se sont élevées contre cet odieux scandale, le corps législatif ne se soit pas empressé de le faire cesser en instituant des honneurs funèbres? Dans tous les tems, chez toutes les nations, même les plus barbares, les morts ont reçu un culte. On connait cette réponse d'une peuplade sauvage à qui on proposait de quitter son pays : *Dirons-nous aux ossemens de nos parens : levez-vous, et suivez-nous dans une terre étrangère?* Cook nous apprend dans ses voyages qu'au moment où il annonça aux habitans des isles de la société qu'il allait les quitter pour toujours, ils lui demandèrent où serait le lieu de sa sépulture, et, comme il nomma la paroisse de St.-Paul à Londres, ils répétèrent tous avec attendrissement ce nom qu'ils alliaient à celui de leur bienfaiteur. La nature a donc gravé dans tous les cœurs une vénération religieuse pour les restes de nos semblables. Un gouvernement sage doit craindre de l'altérer, et de négliger les cérémonies funéraires ; elles tiennent plus qu'on ne pense à la morale, en ce qu'elles nous rappellent à notre dignité, tandis que leur absence ne peut que nous inspirer le mépris de nous-même et l'oubli de nos devoirs. En effet, l'homme n'est-il pas près de perdre sa propre estime et le sentiment de cette immortalité qu'il attend, lorsqu'il voit ses semblables traités à leur mort comme les plus vils animaux? Cherchera-t-il à mériter par de grandes actions les éloges de la société, qui le menace d'un pareil sort, et, lui montrant sa destruction dans toute son horreur, le force de penser qu'après lui il sera entièrement oublié?

(Page 31.)

« *Les bois! ils sont des morts le véritable asyle.*)

Il semble que la nature ait planté les forêts pour offrir un abri à notre cendre. Leur vaste silence convient à celui de la mort, leurs ténèbres à la nuit du cercueil, leur calme à la paix de la tombe ; et l'on croirait que les rameaux de leurs arbres, en se penchant vers la terre, cherchent une urne ou un marbre funéraire, pour le couvrir de leur feuillage.

(Page 32.)

« *Que la sage Helvétie offre un touchant exemple :* »

Cet usage de planter des fleurs au pied des tombeaux de ses parens est suivi dans plusieurs cantons de la Suisse. Rien de plus attendrissant : il prouve combien l'homme, rapproché des mœurs de la nature, est plus propre à éprouver tout ce qui tient à la sensibilité.

LA MÉLANCOLIE.

LA Mélancolie est friande, a dit Michel Montaigne. Cette piquante expression d'un de nos plus profonds moralistes prouve combien la Mélancolie est une sensation voluptueuse.

(Page 36.)

. . . . *Paul et sa Virginie.*

Ce délicieux ouvrage aurait fait la réputation de *Bernardin-de-Saint-Pierre*, s'il ne se fut déjà placé à côté de J.-J. par le style de ses Etudes de la Nature. Virginie est une des meilleures productions du siècle ; elle a été écrite sous la dictée du cœur. C'est un de ces livres qu'on ne quitte jamais sans se promettre de les relire encore.

(Page 44.)

De Rancé, de Comminge, ah ! qui n'a plaint les feux !

Rancé s'est rendu fameux par sa réforme de la Trappe, dans le dix-septième siècle. On n'est pas certain du motif qui l'y porta. Les uns croyent qu'il fut entrainé par cette exaltation religieuse qui eut toujours tant d'empire sur les imaginations ardentes. D'autres pensent qu'il n'écouta dans sa réforme qu'un désespoir amoureux. On prétend, qu'aimé d'une maîtresse qu'il adorait, il volait la revoir après trois jours d'absence. Il était nuit, une lampe éclairait l'appartement où il croyait la trouver : qu'apperçoit-il ? D'un côté un corps sans tête étendu dans un cercueil, de l'autre, la tête défigurée de ce cadavre ! Epouvanté de cet affreux spectacle, il croit y voir un avis du Ciel ; il quitte le monde, et court s'ensevelir dans le monastère dont il était abbé, et y établit les lois les plus rigoureuses. Il n'est pas sûr que cette histoire soit la plus vraie; mais j'ai du l'adopter comme la plus poétique.

Comminge est connu par ses amours pour Adélaïde de Lussan, et sa retraite à la Trappe. Madame de Teucin a écrit avec beaucoup d'intérêt l'histoire de ces deux amans.

RÉPONSE A LE BRUN.

Les vers qui ont donné lieu à cette réponse sont charmans, quoique l'assertion de l'auteur me semble trop sévère. Le Brun ne prend jamais sa lyre sans en tirer les accords les plus harmonieux. Ce poëte, tour-à-tour sublime, gracieux et piquant, laisserai des modèles dans l'ode, l'élégie, et l'épigramme.

www.ingramcontent.com/pod-product-compliance
Ingram Content Group UK Ltd.
Pitfield, Milton Keynes, MK11 3LW, UK
UKHW022140190726
13855UKWH00003B/1249

9 782013 075565